Vente du Samedi 5 Février 1887

HOTEL DROUOT. — RUE DROUOT, 9.

CATALOGUE

D'UN JOLI CHOIX DE

LIVRES MODERNES

OUVRAGES ILLUSTRÉS. — ÉDITIONS DE LUXE

EN BELLE CONDITION DE RELIURE

PROVENANT DE

LA BIBLIOTHÈQUE DE M....

PARIS

A. DUREL, LIBRAIRE

9 ET 11, PASSAGE DU COMMERCE, 9 ET 11

21, RUE DE L'ANCIENNE-COMÉDIE, 21

1887

LA VENTE AURA LIEU

Le Samedi 5 Février 1887

A deux heures très-précises

HOTEL DES COMMISSAIRES-PRISEURS, RUE DROUOT

Salle n° 4, au premier

Par le Ministère de Me MAURICE DELESTRE, Commissaire-Priseur

RUE DROUOT 27,

Assisté de M. A. DUREL, Libraire

9 et 11, passage du Commerce 21, rue de l'Ancienne-Comédie,

CONDITIONS DE LA VENTE

La vente se fait au comptant.

Les acquéreurs payeront 5 p. 100 en sus des enchères, applicables aux frais.

Les livres devront être collationnés sur place dans les vingt-quatre heures de l'adjudication. Passé ce délai, ou une fois sortis de la salle de vente, ils ne seront repris pour aucune cause.

M. A. DUREL, **chargé de la vente, remplira les commissions des personnes qui ne pourraient y assister.**

M. A. DUREL, se réserve la faculté de réunir et de vendre en un seul lot tels articles du catalogue qu'il jugera utile à l'intérêt de la vente.

CATALOGUE

DE

LIVRES MODERNES

1. **ADELINE** (Jules). Le Musée d'Antiquités et le Musée Céramique de Rouen. Trente eaux-fortes avec texte et frontispice. *Rouen, E. Augé*, 1882, in-4, en livraisons (14), texte avec encadrements rouges et ornements en bleu d'acier.

L'un des 25 exemplaires sur papier vergé, avec double suite des eaux-fortes en deux états, avant la lettre sur papier de Hollande et sur papier de Chine monté.

2. **ADELINE** (Jules). Rouen illustré (Tome II), par P. Allard, l'abbé J. Loth, P. Baudry, J. Adeline, F. Bouquet, etc. Introduction par Ch. Deslys, 24 eaux fortes, par J. Adeline, Brunet-Debaisnes, Max-Lalanne et H. Toussaint. *Rouen, E. Augé,* 1884, 12 livraisons in-fol.

Un des 30 exemplaires contenant une triple série d'épreuves en trois états, avec la lettre sur papier de Hollande, avant la lettre sur papier de Chine monté et sur papier de Chine volant.

3. **AICARD** (Jean). La Chanson de l'Enfant, nouvelle édition, ornée de 128 compositions, par T. Lobrichon, avec la collaboration de E. Rudaux, gravées sur bois par L. Rousseau. *Paris, Chamerol*, 1884, gr. in-8, br., couv.

Exemplaire sur papier teinté des Manufactures impériales du Japon. Gravures en justification, tirées sur les bois.

4. **AUGIER** (Emile). Poésies complètes. *Paris, Michel Lévy*, 1852, in-12, cart., demi-rel. mar. grenat, n. rog.

Edition originale, avec la couverture.

5. **AUGIER** (Emile). Discours prononcés dans la séance publique tenue par l'Académie Française pour la réception de M. Emile Augier, le 28 janvier 1858. *Paris, Firmin Didot*, 1858, in-4, cart., demi-mar. grenat, n. rog.

6 **AUGIER** (Emile). La Ciguë, comédie en deux actes et en vers. *Paris, Furne*, 1844, in-12, cart., demi-mar. grenat, n. rog.

Edition originale, avec la couverture.

7. **AUGIER** (Emile). Un homme de bien, comédie en trois actes et en vers. *Paris, Furne*, 1845, in-12, cart., demi-mar. grenat, n. rog.

Edition originale, avec la couverture.

8. **AUGIER** (Emile). L'Aventurière, comédie en cinq actes et en vers. *Paris, Hetzel,* 1848, in-8, cart., demi-mar. grenat, n. rog.

Edition originale, avec la couverture.

9. **AUGIER** (Emile). Gabrielle, comédie en cinq actes et en vers. *Paris, Michel Lévy,* 1850, in-12, cart., demi-mar. grenat, n. rog.

Edition originale, avec la couverture.

10. **AUGIER** (Em.) et J. **SANDEAU**. La Chasse au roman, comédie-vaudeville en trois actes. *Paris, Michel Lévy,* 1851, in-12, cart., demi-mar. grenat, n. rog.

Edition originale, avec la couverture.

11. **AUGIER** (Emile). Le Joueur de flûte, comédie en un acte en vers. *Paris, Blanchard,* 1851, in-12, cart., demi-mar. grenat, n. rog.

Edition originale, avec la couverture.

12. **AUGIER** (Emile). Diane, drame en cinq actes en vers. *Paris, Michel Lévy,* 1852, in-12, cart., demi-mar. grenat, n. rog.

Edition originale, avec la couverture.

13. **AUGIER** (Emile). Philiberte, comédie en trois actes et en vers. *Paris, Michel Lévy,* 1853, in-12, cart., demi-mar. grenat, n. rog.

Edition originale, avec la couverture.

14. **AUGIER** (Em.) et J. **SANDEAU**. Le Gendre de M. Poirier, comédie en quatre actes en prose. *Paris, Michel Lévy,* 1854, in-12, demi-rel. toile, n. rog. (*Lemardeley.*)

Edition originale, avec la couverture.

15. **AUGIER** (Em.) et J. **SANDEAU**. La Pierre de touche, comédie en cinq actes et en prose. *Paris, Michel Lévy,* 1854, in-12, cart., demi-mar. grenat, n. rog.

Edition originale, avec la couverture.

16. **AUGIER** (Emile). Le Mariage d'Olympe, pièce en trois actes, en prose. *Paris, Michel Lévy,* 1855, in-12, cart., demi-mar. grenat, n. rog.

Edition originale, avec la couverture.

17. **AUGIER** (Emile). Ceinture dorée, comédie en trois actes et en prose. *Paris, Michel Lévy,* 1855, in-12, cart., demi-mar. grenat, n. rog.

Edition originale, avec la couverture.

18. **AUGIER** (Em.) et Ed. **FOUSSIER**. Les Lionnes pauvres, pièce en cinq actes en prose. *Paris, Michel Lévy*, 1858, in-12, cart., demi-mar. grenat, n. rog.

Edition originale, avec la couverture.

19. **AUGIER** (Emile). La Jeunesse, comédie en cinq actes et en vers. *Paris, Michel Lévy*, 1858, in-12, cart., demi-mar. grenat, n. rog.

Edition originale, avec la couverture.

20. **AUGIER** (Em.) et Ed. **FOUSSIER**. Un beau Mariage, comédie en cinq actes en prose. *Paris, Michel Lévy*, 1859, in-12, cart., demi-mar. grenat, n. rog. (*Un nom sur le titre.*)

Edition originale, avec la couverture.

21. **AUGIER** (Emile). L'Aventurière, comédie en quatre actes, en vers. *Paris, Michel Lévy*, 1860, in-12, cart., demi-mar. grenat, n. rog.

Edition originale de la pièce sous sa forme définitive, avec la couverture.

22. **AUGIER** (Emile). Les Effrontés, comédie en cinq actes en prose. *Paris. Michel Lévy*, 1861, in-8, cart., demi-mar. grenat, n. rog.

Edition originale, avec la couverture.

23. **AUGIER** (Emile). Le Fils de Giboyer, comédie en cinq actes en prose. *Paris, Michel Lévy*, 1863, in-8, cart. demi-mar. grenat, n. rog.

Edition originale, avec la couverture.

24. **THÉVENIN** (Evariste). Le Tour de France du fils de Giboyer, ou Recueil complet des Jugements exprimés par les principaux journaux politiques et littéraires de Paris, de la Province et de l'Etranger au sujet de la Comédie de M. Emile Augier (le Fils de Giboyer), suivi des vers satiriques, des polémiques, des procès, etc., que cette pièce a suscités. *Paris, Gosselin*, 1864, gr. in-12, demi-rel. toile, n. rog., avec la couverture.

25. **AUGIER** (Emile). Maitre Guérin, comédie en cinq actes en prose, par Emile Augier. *Paris, Michel Lévy frères*, 1865, in-8, cart. demi-mar. grenat, n. rog.

Edition originale, avec la couverture. Envoi autographe de l'auteur : « A S. E. M. le maréchal Vaillant. »

26. **AUGIER** (Emile). La Contagion, comédie en cinq actes. en prose. *Paris, Michel Lévy*, 1866, in-8, cart. demi-mar. grenat, n. rog.

Edition originale, avec la couverture.

27. **AUGIER** (Emile). Paul Forestier, comédie en quatre actes, en vers. *Paris*, *Michel Lévy*, 1868, in-8, cart., demi-mar. grenat, n. rog.

Edition originale, avec la couverture.

28. **AUGIER** (Emile). Le Post-Scriptum, comédie en un acte, en prose. *Paris*, *Michel Lévy*, 1869, in-12, cart., demi-mar. grenat, éb. (*Petite déchirure à l'angle du titre).*

Edition originale, avec la couverture.

29. **AUGIER** (Emile). Lions et Renards. comédie en cinq actes, en prose. *Paris*, *Michel Lévy*, 1870, in-8, cart., demi-mar. grenat, n. rog.

Edition originale, avec la couverture.

30. **AUGIER** (Em.) et J. **SANDEAU**, Jean de Thommeray, comédie en cinq actes, en prose. *Paris*, *Michel Lévy*, 1874, in-8, cart., demi-mar. grenat, n. rog,

Edition originale avec la couverture.

31. **AUGIER** (Emile). Madame Caverlet, pièce en quatre actes, en prose. *Paris*, *Calmann Lévy*, 1876, in-8, cart., demi-mar. grenat, n. rog.

Edition originale, avec la couverture.

32. **AUGIER** (Emile) et Eug. **LABICHE**. Le Prix Martin, comédie en trois actes. *Paris*, *Dentu*, 1876, in-12, car., demi-mar. grenat, n. rog.

Edition originale, avec la couverture.
Envoi autographe des auteurs à M. Lassouche.

33. **AUGIER** (Emile). Les Fourchambault, comédie en cinq actes. *Paris*, *Calmann Lévy*, 1878, in-8, cart., demi-mar. grenat, n. rog,

Edition originale, avec la converture.

34. **AUGIER** (Emile). Le Mariage d'Olympe, drame en trois actes, nouvelle édition conforme à la dernière reprise. *Paris*, *Calmann Lévy*. 1881, in-12, cart., demi-mar. grenat, n. rog., avec la couverture.

35. **BALZAC**. Lettres à Conrart. *Leyde, chez Jean Elzevier*, 1659. — Lettres à Chapelain. *Elzevier*, 1656. — Lettres choisies. *Amsterdam*, *chez les Elzevier*, 1656, — Les Entretiens *Amsterdam*, *L.-D. Elzevier*, 1663. — Aristippe. *Leyde*, 1658. — Les Œuvres diverses. *Amsterdam*, 1664. — Socrate Chrétien. *Amsterdam*, *Joost Pluymer*, 1662. Ensemble, 7 vol. pet. in-12, mar. rouge, dent. int., tr. dor. (*Hardy*).

Willems, n° 688.

36. **BALZAC**. Les Cent contes drolatiques. *Paris, Ch. Gosselin*, 1832-1837, 3 vol. in-8, portr ajouté, demi-rel., dos et coins, mar. rouge, dos orné, fil,

Edition originale.

37. **BALZAC**. La Peau de chagrin. *Paris, H. Delloye, V. Lecou*, 1838, gr. in-8, fig. d'après Gavarni, Baron, Janet-Lange, etc., mar. Lavall., 5 fil., dent. int., tr. dor. (*Lancelin.*)

Exemplaire de premier tirage.

38. **BALZAC** (H. de). Paris marié, philosophie de la vie conjugale, commentée par Gavarni. *Paris, J. Hetzel*, 1846, pet. in-8, fig., demi-rel, dos et coins de toile, éb.

39 **BALZAC** (H. de). Le Père Goriot, scènes de la vie parisienne, 10 compositions par Lynch, gravées à l'eau-forte, par E. Abot. *Paris, Quantin*, 1885, gr. in-8, br., couv.

L'un des 100 exemplaires numérotés sur papier du Japon, avec 2 suites des planches.

40. **BARBEY D'AURÉVILLY** (J.). Les diaboliques (Les six premières). *Paris, Dentu*, 1874, in-12, mar. bleu foncé, jans., doublé de mar. orange, fil., milieu, gardes en satin, tr. dor. (*Marius-Michel.*)

Edition originale.
Très bel exemplaire relié sur brochure, avec portrait et 9 eaux-fortes sur Chine avant la lettre.

41. **BARBIER** (Auguste). Iambes. *Paris, U. Canel et Ad. Guyot*, 1832, in-8, mar. rouge, jans., fil. int., tête dor. n. rog. (*Marius-Michel.*)

Edition originale.

42. **BAUDELAIRE** (Charles). Les Fleurs du mal. *Paris, Poulet-Malassis et de Broise*, 1857, in-12, demi-rel. perc., n. rog.

Edition originale, avec la couverture.
Exemplaire auquel on a ajouté une pièce autographe en vers intitulée *L'Avertisseur*, signée Th. Baudelaire et un portrait à l'eau-forte par Bracquemond.

43. **BERNARD**. Œuvres de Bernard, ornées d'une gravure d'après Prudhon. *Paris, Jannet et Cotelle*, 1823, in-8, gr. pap. vélin, mar. bleu, dos orné, fil, dent. int., tr. dor. (*Chambolle-Duru.*)

Exemplaire en grand papier auquel on a ajouté 5 portraits différents de Gentil Bernard, 1 dessin original de Fryllez, 56 figures, eaux-fortes, avant lettre et autres ayant rapport à l'ouvrage.

44. **BEROALDE DE VERVILLE**. Le Moyen de parvenir. *Paris, L. Willem*, 1872, 2 vol. pet. in-8. cart., n. rog. (*Raparlier*).

Exemplaire sur papier de Chine.

45. **BERTALL**. Cahier des charges des chemins de fer, pamphlet illustré par Bertall. *Paris. J. Hetzel*, 1847, pet. in-8, demi-rel. dos et coins de toile, n. rog.

Avec la couverture.

46. **BIBLIOTHECA SCATOLOGICA** ou catalogue raisonné des livres traitant des vertus, faits et gestes de très-noble et très ingénieux messire Luc (A. Rebours). *Scatopolis*, 5850. (*Paris, impr. Jouaust*), 1850, in-8, cart., Bradel.

47. **BIBLIOTHÈQUE** bibliophile facétieuse éditée par les frères Gébéodé (G. Brunet et O Delepierre). *S. l.* (*Londres*), 1852-1856, 3 vol. pet. in-8, cart., n. rog.

Ouvrage tiré à 60 exemplaires seulement.

48. **BOCCACE**. Contes de Boccace (Le Décaméron), traduits de l'italien et précédés d'une notice historique par A. Barbier, vignettes par MM. Tony Johannot, H. Baron, Eug. Laville, Cél. Nanteuil, Grandville, Geoffroi; etc. *Paris, Barbier*, 1846, gr. in-8, jésus, fig., demi-rel., dos et coins, mar. La Val., dos orné mosaïque, fil., tête dor., n. rog.

Premier tirage des épreuves.
Bel exemplaire.

49. **BOCCACE**. Les dix journées de Jean Boccace, traduction de Le Maçon publiées par M. Paul Lacroix, 11 eaux-fortes par Flameng. *Paris, Jouaust*, 1873, 10 part. in-8, br., couv.

L'un des 150 exemplaires sur grand papier de Hollande, epuisé. Rare.

50. **BOCHER** (Emmanuel). Les gravures françaises du XVIIIe siècle ou catalogue raisonné des estampes, eaux-fortes, pièces en couleur, au bistre et au lavis de 1700 à 1800. *Paris*, 1875-1883, 6 vol. in-4, papier vergé, portr., cart,, demi-mar. vert, éb., couv,

1er fascicule : Nicolas Lavreince.
2e id. : Pierre Ant. Baudoin.
3e id. : J.-B. Siméon Chardin.
4e id. : Nicolas Lancret.
5e id. : Augustin de St-Aubin.
6e id. : Moreau le jeune.

51. **BOILEAU.** Suite de 7 eaux-fortes d'après Cochin, gravées par Monziès et Courtry. *Paris, Alph. Lemerre*, gr. in-8, en feuilles dans un carton.

Epreuves sur papier Whatman, avant la lettre.

52. **BRILLAT-SAVARIN.** Physiologie du gout, avec une préface par Ch. Monselet. Eaux-fortes par Ad. Lalauze. *Paris, librairie des bibliophiles*, 1879, 2 vol. in-8, mar. brun jans., dent. int., tr. dor. (*Marius-Michel*).

Exemplaire sur papier de Hollande avec les couvertures.

53. **BURTY** (Philippe). Lettres de Eug. Delacroix (1815 à 1863), recueillies et publiées par M. Philippe Burty, avec fac-simile de lettres. *Paris, Quantin*, 1878, gr. in-8, portr., de Eug. Delacroix d'après lui-même, gravé par Frédéric Villot, br.

54. **CAZOTTE** (J). Le Diable amoureux, roman fantastique précédé de sa vie, de son procès, et de ses prophéties et révélations par Gérard de Nerval, illustré de 200 dessins par Ed. de Beaumont. *Paris, L. Ganivet*, 1845, in-8, port. cart, demi-rel., dos et coins de mar. grenat, n. rog.

55. **CAZOTTE** (J.). Le Diable amoureux, préface de Gérard de Nerval, 7 eaux-fortes par Lalauze. *Paris, Jouaust*, 1883, in-8, demi-rel., dos et coins, mar. bleu, tête dor., n. rog. (*Smeers*).

L'un des 170 exemplaires sur grand papier de Hollande.

56. **CENT NOUVELLES NOUVELLES** (Les), avec notice, notes et glossaire, par Paul Lacroix, dessins gravés par Jules Garnier. *Paris, Jouaust*, 1874, 10 part. en 4 vol. in-8, demi-rel., dos et coins, mar. bleu, tête dorée, n. rog. (*Smeers*).

L'un des 170 exemplaires sur grand papier de Hollande, avec la suite des eaux-fortes en double état.

57. **CERVANTÈS.** L'histoire de Don Quichotte de la Manche, préface par E. Gebhart, dessins de J. Worms, gravés à l'eau-forte par de Los Rios. *Paris, Jouaust*, 1884, 6 vol. in-8, br., couv.

L'un des 170 exemplaires sur grand papier de Hollande.

58. **CERVANTÈS.** Don Quichotte, suite de 16 figures dessinées et gravées à l'eau-forte par de Los Rios, in-4, en feuilles.

Epreuves avant la lettre sur grand Japon.

59. **CHAULIEU**. Œuvres de Chaulieu, d'après les manuscrits de l'auteur (publié par Fouquet). *La Haye et Paris, Cl. Bleuet*, 1774, 2 vol. in-8, portr. mar. bleu, dos orné, fil., dent int. (*Allô*).

Exemplaire sur papier de Hollande, auquel on a ajouté un portrait de Chaulieu, 1 eau-forte et 3 figures.

60. **CLARETIE** (Jules). Le Drapeau, édition illustrée par A. de Neuville et Ed. Morin. *Paris, Decaux*, 1879, in-4, texte encadré, couv. demi-rel., dos et coins, mar. bleu, dos mosaïque, fil., tête dor., n. rog.

Bel exemplaire. Lettre autographe de l'auteur, ajoutée.

61. **COHEN** (Henry). Guide de l'amateur de livres à vignettes et à figures du XVIIIe siècle, quatrième édition. *Paris, Rouquette*, 1880, gr. in-8, papier vélin, interf de papier blanc, cart. toile, n. rog.

62. **DAUDET** (Alphonse). Le Sacrifice, comédie en trois actes. *Paris, A. Lacroix et Cie*, 1869, in-12, cart., demi-mar. grenat, n. rog.

Édition originale avec la couverture. Envoi autographe de l'auteur à son ami Peragallo.

63. **DAUDET** (Alphonse). Lettres à un absent, Paris, 1870-1871. *Paris, Alph. Lemerre*, 1871, in-12, mar. rouge, jans. fil., int. tête dorée, n. rog. (*Marius-Michel*).

Édition originale avec la couverture.

64. **DAUDET**. (Alphonse). Contes du lundi. *Paris, Alph. Lemerre*, 1873, in-12, mar. bleu, jans. fil., int. tête dor., n. rog. (*Marius-Michel*).

Édition originale avec la couverture.

65. **DAUDET** (Alphonse). Les Amoureuses, poèmes et fantaisies (1857-1861). *Paris Charpentier*, 1873, in-12, demi-rel., dos et coins de mar. bleu, tete dorée, n. rog. (*Marius-Michel*).

Exemplaire sur papier de Hollande avec la couverture.

66. **DAUDET** (Alphonse). Fromont jeune et Risler aîné, mœurs parisiennes. *Paris, Charpentier*, 1874, in-12, demi-rel. dos et coins de mar. bleu, tête dor., n. rog. (*Marius-Michel*).

Édition originale, avec la couverture.

67. **DAUDET** (Alphonse). Fromont jeune et Risler aîné, mœurs parisiennes. *Paris, Charpentier et Cie,* 1874, in-12, cart., demi-mar. vert, n. rog. (*Lemardeley*).

Edition originale, avec la couverture. Exemplaire offert à mon cher Malassis, signé : Alphonse Daudet.
Un dessin en couleurs par Ferdinand Bach, ajouté.

68. **DAUDET** (Alphonse). Les Rois en exil, roman parisien. *Paris, Dentu,* 1879, in-12, demi-rel., dos et coins de mar. bleu, tête dor., non rog.

Edition originale, avec la couverture.
Exemplaire sur papier de Hollande.

69. **DAUDET** (Alphonse). Numa Roumestan, mœurs parisiennes. *Paris, Charpentier,* 1881, in-12, demi-rel. dos et coins de maroq. bleu, tête dor., n. rog. (*Marius-Michel*).

Edition originale, avec la couverture.
Exemplaire sur papier de Hollande.

70. **DAUDET** (Alphonse). Sapho, mœurs parisiennes. *Paris, Charpentier,* 1884, in-12, demi-rel., dos et coins de mar. bleu, tête dor., non rog. (*Marius-Michel*).

Edition originale, avec la couverture.
Exemplaire sur papier de Hollande.

71. **DAUDET** (Alphonse). Sapho, mœurs parisiennes *Paris, Charpentier,* 1884, in-12, br.

Edition originale, avec la couverture.
L'un des 40 exemplaires numérotés sur papier du Japon.

73. **DUMAS fils.** La Dame aux Camélias. Suite complète de 18 eaux-fortes de Besnard, gravées par de Los Rios. Gr. in-8 en feuilles.

Epreuves terminées sur Japon.

74. **EUTRAPEL.** Contes et Discours d'Eutrapel de Noël Du Fail, réimprimés par les soins de D. Jouaust, avec une Notice, des Notes et un Glossaire, par C. Hippeau. *Paris, Jouaust,* 1875, 2 tomes en 1 vol. in-8 écu, mar. brun, jans., dent. int., tr. dor. (*Marius-Michel*).

L'un des 22 exemplaires sur papier de Chine.

75. **FEUILLET** (Octave) Monsieur de Camors, 11 compositions par S. Reychan, gravées à l'eau-forte par Mme Lou-

veau-Rouveyre, Daumont et Duvivier. *Paris, Quantin*, 1885, gr. in-8, br,, couv.

L'un des 100 exemplaires sur papier du Japon, avec 2 suites des planches.

76. **FLAUBERT** (Gustave). Madame Bovary, Mœurs de Province. *Paris, Michel Lévy*, 1857, 2 vol. in-12, mar. bleu, dos et plats, filets modernes, dent. int. (*Marius-Michel*).

Edition originale. Portrait de Flaubert avant la lettre, ajouté.

77. **FLAUBERT** (Gustave). Madame Bovary, Mœurs de Province. *Paris, Michel Lévy frères*, 1857, in-12, demi-rel., v. f., n. rog.

Edition originale.
Portrait à l'eau-forte, ajouté. — Exemplaire en grand papier vélin, rare.

78. **FLAUBERT** (Gustave). Madame Bovary, Mœurs de Province, 12 compositions par Albert Fourié, gravées à l'eau-forte, par E. Abot et D. Mordant. *Paris, Quantin*, 1885, gr. in-8, br., couv.

L'un des 100 exemplaires numérotés sur papier du Japon, avec 2 suites des planches.

79. **GOETHE** Faust, première partie, préface et traduction par Blaze de Bury, 11 eaux-fortes de Lalauze. *Paris, Quantin*, 1880, gr, in-8 colombier, br., couv.

Exemplaire sur papier de Chine, avec les figures avant et avec la lettre.

80. **GOLDSMITH.** Le Vicaire de Wakefield (The Vicar of Wakefield), par Goldsmith, traduit en français avec le texte anglais en regard, par Charles Nodier, précédé d'une notice par le même sur la vie et les ouvrages de Goldsmith, et suivi de quelques notes. *Paris, Bourgueleret*, 1838, in-8, texte encadré, fig., demi-rel., dos et coins, mar. grenat, tête dor., n. rog.

100 vignettes sur bois dans le texte, dessinées par Jacque, Marville, Janet-Lange, etc., gravées par Andrew, Best et Leloir, Lacoste, Provost, etc., d'un frontispice contenant le portrait de Goldsmith, gravé sur bois et tiré sur chine, et 10 planches hors texte, dessinées par Tony Johannot, et gravées sur acier par W. Finden, ces planches sont avant la lettre, sans aucune indication, mais garanties par un papier de soie sur lequel se trouve la légende.
Manque le placement des gravures et le faux-titre est rogné.

81. **GONCOURT.** (Edmond et Jules de). Germinie Lacerteux. *Paris, Charpentier*. 1864, in-12, mar. rouge, dos et plats, fil. encadrem., dent. int., tête dor., n. rog. (*Marius Michel*).

Edition originale, avec la couverture.

82. **GONCOURT** (Edm. et J. de). Germinie Lacerteux, 10 compositions par Jeanniot, gravées à l'eau-forte, par L. Muller. *Paris*, *Quantin*, 1886, gr. in-8, br., couv.

L'un des 100 exemplaires sur papier du Japon, avec 2 suites des planches.

83. **GONCOURT** (Edmond de). La Fille Elisa. *Paris*, *Charpentier*, 1877, in-12, demi-rel., dos et coins de mar. orange, dos orné, tête dor., n. rog. (*Marius-Michel*).

Edition originale, avec la couverture.
Exemplaire sur papier de Hollande.

84. **GONCOURT** (Ed. et J. de). Sophie Arnould d'après sa correspondance et ses Mémoires inédits *Paris*, *Dentu*, 1877, in-8 carré, texte encadré, portr. gravé à l'eau-forte, par Flameng, encadrements par Popelin, gravés par Méaulle, fac-simile, cart. en satin, n. rog., couv.

85. **GONCOURT** (Edmond et Jules de). Théâtre. — Henriette Maréchal. — La Patrie en danger. *Paris*, *Charpentier*, 1879, in-12, demi-rel., dos et coins de mar. orange, dos orné, tête dor., non rog. (*Marius-Michel*).

Edition originale, avec la couverture.
Exemplaire sur papier de Hollande.

86. **GONCOURT** (Edmond de). Les Frères Zemganno. *Paris*, *Charpentier*, 1879, in-12, demi-rel., dos et coins de mar. orange, dos orné, tête dor., n. rog. (*Marius-Michel*.)

Edition originale, avec la couverture.
Exemplaire sur papier de Hollande.

87. **GONCOURT** (Edmond de). Chérie. *Paris*, *Charpentier*, 1884, in-12, demi-rel. dos et coins de mar. orange, dos orné, tête dor., n. rog. (*Marius-Michel*.)

Edition originale, avec la couverture. — Exemplaire sur papier de Hollande.

88. **GONCOURT** (Edmond de). La Faustin. *Paris*, *Charpentier*, 1882, in-12, demi-rel. dos et coins de mar. orange, dos orné, tête dor., n. rog. (*Marius-Michel*.)

Edition originale, avec la couverture.
Exemplaire sur papier de Hollande.

89. **GRANDS PEINTRES FRANÇAIS ET ÉTRANGERS**, ouvrage d'art, publié avec le concours des maîtres (Bouguereau, Israels, J. Breton, J.-P. Laurens, Ch. Jacque, etc.), texte par les principaux critiques d'art *Paris*, *H. Launette et Goupil et Cie*, 1884, 2 vol. in-fol. demi-rel. dos et coins, mar. br., dos orné, fil., tête dor., n. rog. (*Champs*.)

90. **HALÉVY** (Ludovic). L'Invasion, souvenirs et récits. *Paris, Michel Lévy frères*, 1872, in 12, mar. grenat jans., dent. int., tr. dor. (*Marius-Michel.*)

Edition originale, avec la couverture. — Exemplaire sur papier de Hollande, avec envoi autographe de l'auteur.

91. **HOFFMANN**. Contes fantastiques, traduction de Loeve-Veimars, préface par G. Brunet, 11 eaux-fortes, par Ad. Lalauze. *Paris, Jouaust*, 1883, 2 vol. in 8, demi-rel. dos et coins, mar. bleu, tête dor., n. rog. (*Smeers.*)

L'un des 170 exemplaires sur grand papier de Hollande.

92. **HUGO** (Victor). Odes et Poésies diverses. *Paris, Pélicier*, 1822, in-12, mar. bleu, fil. sur le dos et les pl. doublé de mar. bleu, gardes en tabis, tr. dor. (*Marius-Michel.*)

Edition originale.

93. **HUGO** (Victor). Les Voix intérieures. *Paris, Eug. Renduel*, 1837, in-8, mar. rouge, dent. int., tr. dor. (*Marius Michel.*)

Edition originale.

94. **HUGO** (Victor). Les Rayons et les Ombres. *Paris, Delloye*, 1840, in 8, mar. rouge jans., dent. int., tête dor, n. rog. (*Marius-Michel.*)

Edition originale.

95. **HUGO** (Victor). Les Chansons des rues et des bois. *Paris, A. Lacroix et Cie*, 1866, in-8, maroq. orange jans., dent. int., tête dor., n. rog. (*Marius-Michel.*)

Edition originale, avec la couverture Exemplaire sur papier Chamois, auquel on a ajouté le portrait de Victor Hugo, gravé à l'eau-forte, par Martinez, épreuve sur Chine avant la lettre.

96. **HUYSMANS** (J.-K.). Croquis parisiens. Eaux-fortes de Forain et Raffaelli. *Paris, H. Vaton*, 1880, in-8, fig., mar. orange jans., dent. int., tr. dor. (*Marius-Michel.*)

Exemplaire sur papier de Chine, avec les 10 eaux-fortes gr. par Forain et Raffaelli, tirées sur papier du Japon.

97. **LABRUYÈRE**. Les Caractères de La Bruyère, suivis des caractères de Théophraste, traduits du grec par le même. *Paris, Lefèvre*, 1824, 2 vol. in-8, portr., demi-rel., dos et coins, mar. r., dos orné, fil., tête dor., n. rog. (*Capé.*)

L'un des 30 exemplaires tirés sur grand papier jésus vélin, avec le joli portrait de La Bruyère, par Taurel, sur Chine, avant la lettre. On y a joint le beau portrait de La Bruyère, gravé par Leroux, en double état, avant la lettre et eau-forte, ainsi qu'une curieuse suite de 30 portraits allégorico-satiriques représentant les différents caractères (l'*Avare*, l'*Orgueilleux*, l'*Impudent*, etc.). Cette collection est avant la lettre, avec légende en anglais, tirée sur Chine, et collée au-dessous de chaque figure. De la collection des classiques françois. Quelques taches de rousseur.

98. **LAMARTINE.** Œuvres poétiques. *Paris, Furne-Jouvet et Cie. — Pagnerre. — Hachette et Cie.* 1875-1879, 6 vol. in-8, portr. br., couv.

L'un des 100 exemplaires tirés sur papier de Chine in-8 jésus.

99. **LAMENNAIS.** Paroles d'un Croyant 1833 (par Lamennais). *Paris, Eug. Renduel*, 1834, in-8, demi-rel., mar. Laval., dos orné, tr. peig.

Edition originale.

100. **LE SAGE.** Le Diable boîteux, illustré par Tony Johannot, précédé d'une notice sur Le Sage, par J. Janin. *Paris, E. Bourdin et Cie*, 1842, gr. in-8, fig. demi-rel., dos et coins, mar. vert, dos orné, fil., tête dor., n. rog. (*Raparlier.*)

Bel exemplaire.

101. **LE SAGE.** Histoire de Gil Blas de Santillane, préface par H. Reynald, 13 eaux-fortes par R. de Los Rios, *Paris, Jouaust*, 1879, 4 vol. in-8, br., couv.

L'un des 170 exemplaires sur grand papier de Hollande.

102. **LE SAGE.** Gil Blas de Santillane. Suite de 12 figures dessinées et gravées à l'eau-forte, par de Los Rios, in-4 en feuilles.

Epreuves avant la lettre sur grand Japon.

103. **LE SAGE.** Le Diable boîteux, préface par H. Reynald, gravures à l'eau-forte par Ad. Lalauze. *Paris, Jouaust*, 1880, 2 vol. in-8, br., couv.

L'un des 170 exemplaires sur grand papier de Hollande.

104. **LE SAGE.** Le Diable boîteux, 4 figures dessinées et gravées à l'eau-forte, par de Los Rios, in-4 en feuilles.

Epreuves avant la lettre sur grand Japon.

105. **LORRIS** (Guill. de). Le Roman de La Rose, par Guillaume de Lorris et Jehan de Meung, nouvelle édition, revue et corrigée sur les meilleurs et plus anciens manuscrits, par Méon. *Paris, P. Didot l'aîné*, 1813, 4 vol. in-8, gr. pap. de Hollande, portr. et fig. demi-rel. dos et coins de mar. rouge, n. rog.

Une note de Méon, jointe à cet exemplaire qui lui a appartenu, annonce qu'il n'existe que cinq exemplaires en papier de Hollande, dont trois seulement de la qualité supérieure de celui-ci.

On a ajouté, à la page 282 du tome III, un dessin colorié, représentant l'attaque du château; on a réuni, pour être joints à cet exemplaire, le dessin du portrait et trois autres dessins (sur quatre) des figures de l'édition de Fournier, avec les gravures avant la lettre, et les eaux-fortes d'après ces mêmes dessins, ainsi que le portrait et les quatre figures coloriées avec soin, de la même édition.

On y trouve aussi l'extrait du *Journal des Savants* (papier de Hollande) et le *Mémoire à consulter*, pour Méon, contre P. Didot (*Catalogue La Bédoyère*, n° 857). Exemplaire provenant de la Bibliothèque du comte de La Bédoyère.

106. **LOUVET DE COUVRAY.** Les Amours du chevalier de Faublas. préface par H. Fournier, dessins de Paul Avril, gravés à l'eau-forte Monziès. *Paris, Jouaust*, 1884, 5 vol. in-8, br., couv.

L'un des 170 exemplaires sur grand papier de Hollande.

107. **MARGUERITE D'ANGOULÊME.** L'Heptaméron des nouvelles de la Reine de Navarre, pub. par Paul Lacroix, 8 eaux-fortes par Flammeng. *Paris, Jouaust*, 1870-1872, 8 parties in-8, br., couv.

L'un des 100 exemplaires sur grand papier de Hollande.
Epuisé. Rare.

108. **MARIUS-MICHEL.** La Reliure française, depuis l'invention de l'imprimerie jusqu'à la fin du XVIIIe siècle, par MM, Marius-Michel, relieurs-doreurs. *Paris, Damascène Morgand et Ch. Fatout*, 1880, gr. in-8 colombier, fig. mar. rouge janséniste, dent. int., tr. dor. (*Marius-Michel.*)

Un frontispice dessiné et gravé par Edm. Hédouin, 22 grandes planches reproduction de reliures par l'Héliogravure de Charreyre, et nombreux bois dans le texte.

Exemplaire sur papier du Japon auquel on a ajouté le frontispice, épreuve d'artiste sur papier bleu avec le monogramme de l'artiste.

109. **MARIUS-MICHEL.** La Reliure française, commerciale et industrielle, depuis l'invention de l'imprimerie jusqu'à nos jours, par MM. Marius-Michel, relieurs-doreurs. *Paris, Damascène Morgand et Ch. Fatout*, 1881, gr. in-8 colombier, fig. mar. rouge jans., dent. int. tr. dor. (*Marius-Michel.*)

Exemplaire sur papier du Japon, avec fig. tirées dans le texte et 23 pl. gravées et tirées en taille-douce hors texte.

110. **MAUPASSANT** (Guy de). Miss Harriet. *Paris, Victor Havard*, 1884, in-12, demi-rel. dos et coins de mar. rouge, dos orné, tête dor., n. rog. (*Marius-Michel.*)

Edition originale, avec la couverture.
Exemplaire sur papier de Hollande.

111. **MAUPASSANT** (Guy de). Au Soleil. *Paris, Victor Havard*, 1884, in-12, demi-rel., dos et coins de maroq. orange, dos orné, tête dor, n. rog. (*Marius-Michel.*)

Edition originale, avec la couverture. — Exemplaire sur papier de Hollande.

112. **MAUPASSANT** (Guy de). Yvette. *Paris, Victor Havard*, 1885, in-12, demi-rel. dos et coins de mar. bleu, dos orné, tête dor., n. rog. (*Marius-Michel*).

Edition originale, avec la couverture — Exemplaire sur papier de Hollande.

113. **MAUPASSANT** (Guy de). Bel-Ami. *Paris, Victor Havard*, 1885, in-12, demi-rel., dos et coins de mar. vert, dos orné, tête dor., n. rog. (*Marius Michel*)

Edition originale, avec la couverture. — Exemplaire sur papier de Hollande.

114. **MEISSONIER** (E.). Œuvre complet, *Paris, Lecadre et Cie*, 1881-1882, 104 planches en 1 vol. gr. in-fol., mar. vert, dos à fil., encadrements de 15 filets brisés sur les pl., large dent. int., tr. dor., étui.

Superbe exemplaire sur papier du Japon, dont il a été tiré 15 exemplaires seulement. — Publié à 2,000 fr., en feuilles.

115. **MERIMÉE** (Prosper). Théâtre de Clara Gazul, comédienne espagnole. *Paris, A Sautelet*, 1825, in-8, cart., non rogné.

Edition originale.

116. **MÉRIMÉE** (Prosper). 1572. Chronique du temps de Charles IX. *Paris, A. Mesnier*, 1829, in-8, br.

Edition originale, avec la couverture.

117. **MÉRIMÉE** (Prosper). La Double Méprise. *Paris, H. Fournier*, 1833, in-8, br.

Edition originale, avec la couverture.

118. **MOLIÈRE**. Suite de 34 estampes dessinées et gravées à l'eau-forte par Ad. Lalauze. *Paris, Rouveyre et Blond*, gr. in-4 en carton.

L'un des 50 exemplaires sur papier de Chine avant le nom de Molière, sur la tablette du portrait.

119. **MOLIÈRE**. Œuvres. Suite de 35 eaux-fortes d'après Boucher. *Paris, Lemerre*, in-8, en carton.

Epreuves sur papier de Hollande, avant la lettre.

120. **MUSSET** (Alfr. de). Œuvres. — Poésies (1828-1852), 2 vol. — Comédies et proverbes, 1 vol. *Paris, Lemerre*, 1884-1885, 3 vol. in-4, pap. de Holl., br., couv.

121. **MUSSET** (Alf. de). Illustrations pour les œuvres de Alfred de Musset, aquarelles par Eug. Lami, eaux-fortes par Lalauze. *Paris, Damascène Morgand*, 1885, in-4, en carton.

Epreuves d'artiste terminées avec remarques gravées sur la planche. Exemplaire sur papier du Japon.

122. **MUSSET** (Alfred de). Illustrations pour les œuvres de Alfred de Musset, aquarelles par Eug. Lami, eaux-fortes par Lalauze. *Paris, Damascène Morgand*, 1885, in-4, en carton.

Épreuves sur papier du Japon, avec la lettre gravée.

123. **NADAUD** (G.). Chansons populaires, Chansons de salon, Chansons légères, eaux-fortes, par Ed. Morin. *Paris, Jouaust*, 1879, 3 vol. in-8, demi-rel., dos et coins, mar. bleu, tête dor., n. rog. (*Smeers*).

L'un des 170 exemplaires sur grand papier de Hollandè.

124. **OLD NICK & GRANDVILLE**. Petites Misères de la vie humaine. *Paris, H. Fournier*, 1843, gr. in-8, demi-rel., perc., n. rog.

Premier tirage des épreuves.

125. **PAPIERS & CORRESPONDANCE** de la Famille impériale. *Paris, impr. nationale*, 1870, 2 vol. in 8, jésus, fac-simile, demi-rel., dos et coins, mar. rouge, tête dorée, n. rog. (*Raparlier*).

Bel exemplaire auquel on a ajouté une lettre autographe signée, de Marguerite Bellanger.

126. **PETITS CONTEURS** du XVIIIe siècle. *Rouen, J. Lemonnyer*, 1879, 8 vol. in 8 écu, ornés de charmantes vignettes en taille-douce, à mi-page, par Duplessis Bertaux, Ficquet et J. Garnier, br., couv.

Exemplaire sur papier Whatman. publié à 250 fr.

127. **PORTALIS** (Baron Roger). Les Dessinateurs d'illustrations au XVIIIe siècle. *Paris, Damascène Morgand et Charles Fatout*, 1877, 2 vol. in-8 raisin, eau-forte gravée par Jasquemart, d'après Meissonnier, demi-rel. perc., n. rog.

L'un des 50 exemplaires sur papier Whatman, avec l'eau-forte en deux états, avec la lettre et avant la lettre en bistre.

128. **PORTALIS** (Baron Roger) et Henri **BÉRALDI**. Les Graveurs du XVIIIe siècle. *Paris, Damascène Morgand et Charles Fatout*, 1880-1882, 3 tomes en 6 vol. in-8 raisin, br.

L'un des 50 exemplaires sur papier Whatman.

129. **PRÉVOST** (l'Abbé). Histoire de Manon Lescaut et du chevalier Dés Grieux, édition illustrée par Tony Johannot, précédée d'une notice historique sur l'auteur par J. Janin. *Paris, Ernest Bourdin, s. d.*, (1839) gr. in-8, fig. mar.

bleu, dos orné, fil. à compart., ornem. aux angles, fil. int., tr. dor. (*Marius-Michel*).

Très bel exemplaire du premier tirage, relié sur brochure, avec la couverture du livre.

130. **PRÉVOST** (l'abbé). Histoire de Manon Lescaut et du chevalier des Grieux, édition illustrée par Tony Johannot, précédée d'une notice historique sur l'auteur par J. Janin. *Paris, E. Bourdin, s. d.*, (1839). gr. in-8 jésus, cart., demi-mar. bleu, éb. couv.

Premier tirage des épreuves. Exemplaire lavé et encollé.

131. **PRÉVOST** (Abbé). Histoire de Manon-Lescaut et du chevalier Des Grieux, précédée d'une préface par Alex. Dumas fils. *Paris, Glady frères*, 1875, gr. in-8, br., couv.

Exemplaire sur papier Van Gelder, avec les eaux-fortes de Flameng avant la lettre. On y a ajouté la suite des eaux-fortes de Ed. Hedouin.

132. **RABELAIS** Les Cinq livres de F. Rabelais, publiés par P. Chêron et ornés de 11 eaux-fortes par E. Boilvin. *Paris, Jouaust*, 1876, 5 vol. in-8, mar. vert, dos orné, fil. dent. int., tête dor., n. rog. (*Pouget*.)

L'un des 170 exemplaires sur grand papier de Hollande.

133. **RACINE**. Suite de 13 eaux-fortes d'après Gravelot, gravées par Monziès, Martinez et Lemaire. *Paris*, *Alph. Lemerre*, gr. in-8 en feuilles, dans un carton.

Epreuves sur papier Whatman avant la lettre.

134. **RENAN** (Ernest). Vie de Jésus. *Paris*, *Michel Lévy frères*, 1863, in-8, demi-rel. mar. Laval, dos orné, tr. peig.

Edition originale.

135. **ROCHAS** (A. de). Le Livre de demain. *Blois*, *Raoul Marchand, imprimeur*, 1884, in-8, mar. La Val., encadrem. à filets brisés sur les pl., doublé de mar. bleu. fil., gardes en tabis, tr. dor., étui (*Marius-Michel*.)

Superbe exemplaire.

136. **ROUSSEAU** (J.-J.). Les Confessions, avec une préface par Monnier. *Paris*, *Librairie des bibliophiles*, 1881, 4 vol. in-8, pap de Hollande, mar. bleu jans., dent. int., tr. dor. (*Marius-Michel*).

Bel exemplaire contenant : 1° La suite des 13 eaux-fortes de Hédouin, avec la lettre et sur Chine volant AVANT LA LETTRE ; 2° La suite des 4 eaux-fortes de Nargeot (publ. par L. Conquet), avant lettre et eaux-fortes pures sur Japon ; 3° 2 gravures de Tony Johannot sur papier blanc et sur Chine ; 4° 3 figures de Déveria sur Chine AVANT LETTRE ; 5° 6 figures de Moreau et Le Barbier avec et AVANT LES NUMÉROS ; 6° 14 figures et portraits par Roqueplan, Lamare, Dupréel, etc., etc. — Ensemble 72 pièces.

137. **SAINT-PIERRE** (Bernardin de). Paul et Virginie (suivi de la Chaumière indienne). *Paris, L. Curmer, rue Richelieu*, 1838, gr. in-8, fig., mar. rouge foncé, plaque or, tr. dor. (*Simier.*)

Bel exemplaire de premier tirage, dans la reliure de l'éditeur.

138. **SAINT-PIERRE** (Bernardin de). Paul et Virginie (suivi de la Chaumière indienne). *Paris, L. Curmer, rue Richelieu*, 1838, gr. in-8, fig., mar vert, comp. de filets sur le dos et les plats, mosaïque de mar. brun, vert clair, rouge, blanc, bleu représentant une branche de lis, doublé de mar. La Val., cinq rangs de filets, tabis, n. rogné, étui (*Marius-Michel.*)

Bel exemplaire Magnifique reliure.

139. **SAINT-PIERRE** (Bernardin de). Paul et Virginie, précédé d'une préface par Jules Janin. *Paris, D. Jouaust*, 1869, in-8, fig., mar. rouge, dos orné, filets, dent. int., tr. dor. (*Brany.*)

Exemplaire sur papier Whatman, avec une suite de 4 eaux-fortes, par V. Foulquier.

140. **SAINT-PIERRE** (Bernardin de). Paul et Virginie, précédé d'une étude sur les origines de Paul et Virginie, par S. Cambray. Eaux-fortes de Laguillermie. *Paris, Librairie des bibliophiles*, 1878, in-8, mar. bleu, dos orné, fil. à compart., ornem. aux angles, dent. int., tr. dor. (*Marius Michel.*)

Exemplaire sur papier de Hollande contenant :
1° Le portrait et les 5 figures, dess. et gr. par *Laguillermie*, sur papier de Hollande avec la lettre ;
2° La suite du portrait et des 6 fig. dess. et gr. par *Hédouin* sur papier de Chine volant, avant la lettre ;
3° La suite de 6 figures et 2 culs-de-lampe, dess. et gr. par *Lalauze*, tirée avant la lettre sur papier de Hollande ;
4° La suite de 4 figures, dess. et gr. par *Foulquier*, tirée avec la lettre sur papier de Chine.
Ensemble 25 pièces.

141. **SAINT PIERRE** (B. de). Paul et Virginie. Introduction par Alex. Piedagnel, orné de 6 figures hors texte et 2 vignettes dessinées et gravées à l'eau-forte, par Ad. Lalauze. *Paris, Liseux*, 1879, in-12, mar. bleu, dos orné, encadrem. et milieux dorés à pet. fers, doublé de mar. orange, branches de feuilles aux angles, écusson, dent., tr. dor. (*Champs.*)

Exemplaire de choix sur papier de Chine, eaux-fortes de Laguillermie sur Chine, ajoutées.

142. **SAND** (G.). Le Marquis de Villemer, comédie en quatre actes, en prose par George Sand. *Paris, Michel Lévy frères*, 1864, in-8, demi-rel., dos et coins de mar. rouge, tête dor., n. rog. (*Marius-Michel.*)

Edition originale.

143. **SAND** (Georges). Mauprat, 10 compositions par Le Blant, gravées à l'eau-forte par H. Toussaint. *Paris, Quantin*, 1886, gr. in-8, br., couv.

L'un des 100 exemplaires sur papier du Japon, avec 2 suites des planches.

144. **SCARRON**. Le Roman comique, préface par Paul Bourget, eaux-fortes par Léopold Flameng. *Paris, Jouaust*, 1880, 3 vol. in-8, portr. et fig., demi-rel., dos et coins mar. rouge, tête dor., n. rog. (*Champs*).

L'un des 170 exemplaires sur grand papier de Hollande.

145. **SCARRON**. Le Roman Comique, peint par J.-B. Pater et J. Dumont Le Romain, peintres du Roy, gravés à l'eau-forte par Tiburce de Mare, notice par A. de Montaiglon. *Paris, Rouquette*, 1883, gr. in-4, couv., demi-rel., dos et coins, mar. rouge, tête dor., n. rog.

Exemplaire sur grand papier vergé, avec les figures avant et avec la lettre.

146. **SÉVIGNÉ** (Mme de). Lettres choisies, avec une notice par M. Poujoulat. Eaux-fortes par V. Foulquier, *Tours, Mame*, 1871, gr. in-8. mar. rouge, jans., doublé de mar. brun, compart., filets or, doubles gardes, tr. dor., étui.

Très bel exemplaire sur papier vergé. — Reliure de *Chambolle-Duru* et dorure de *Marius-Michel*.

147. **SHAKESPEARE** (W.). Œuvres complètes, traduites par François-Victor Hugo. *Paris, Lemerre*, 16 vol. pet. in-12, br., couv.

Exemplaire sur papier de Chine.

148. **SOCIÉTÉ d'AQUARELLISTES FRANÇAIS.** Catalogue des Expositions de 1879, 1880, 1881. *Paris, Jouaust*, 1879-1881, 3 vol. gr. in-8, fig., mar. fauve, fer spécial sur les plats, doublé de tabis, mors de mar., mosaïque de mar. bleu, tr. dor. (*Marius-Michel*),

Exemplaire tiré sur papier du Japon, avec les couvertures.

149. **SOCIÉTÉ d'AQUARELLISTES FRANÇAIS**, ouvrage d'art. publié avec le concours artistique de tous les Sociétaires, texte par les principaux critiques d'art. *Paris, Launette et Goupil et Cie*, 1883, 2 vol. in-fol., demi-rel., dos et coins, maroq. bleu, tête dor., non rog. (*Champs*).

150. **STENDHAL** (Henri Beyle). Promenades dans Rome. *Paris, Delaunay*, 1829, 2 vol. in-8, vue et plan, br.

Edition originale, avec les couvertures.

151. **STRAPAROLE**. Les Facétieuses nuits du Seigneur J.-F. Straparole, 14 dessins de J. Garnier, gravés à l'eau-forte par Champollion. *Paris, Jouaust*, 1882, 4 vol. in-12, demi-rel., dos et coins, mar. citron, tête dor., n. rog. (*Champs*).

152. **SWIFT**. Voyages de Gulliver dans les contrées lointaines. Edition illustrée par Grandville, traduction nouvelle. *Paris, Fournier aîné et F. rne et Cie*, 1838, 2 vol. in-8, cart., non rog.

Premier tirage des épreuves.

153. **UZANNE** (Octave). L'Eventail, illustrations de Paul Avril. *Paris, Quantin*. 1882, 1 vol. — L'Ombrelle, le Gant, le Manchon, par Octave Uzanne, illustrations de Paul Avril. *Paris, Quantin*, 1883, 1 vol. - Les deux ouvrages rel. en 1 vol. gr. in-8, mar. bleu, doublé de tabis, mors de mar. bleu avec filets, double gardes. tr. dor., titres en or, sur le plat dans un encadrement mosaïque.

Bel exemplaire avec les couvertures en triple état, dont deux sur japon et une sur vélin.

154. **UZANNE** (Octave). Son Altesse la Femme. Illustrations de MM. Henri Gervex, J.-A. Gonzalès, L. Kratté, Alb. Lynch, Ad. Moreau et F. Rops. *Paris, Quantin*, 1885, gr. in-8, fig., br., neuf. *Emboîtage*.

Exemplaire sur grand papier du Japon avec une double suite de figures. Publié à 200 francs, épuisé.

155. **UZANNE** (Octave). La Française du siècle, Modes, Mœurs, Usages, illustrations à l'aquarelle, par Alb. Lynch, gravées à l'eau-forte en couleurs, par Eug. Gaujean. *Paris, Quantin*, 1886, gr. in-8, br., neuf. *Emboîtage*.

Exemplaire sur grand papier du Japon, avec une triple suite des planches. Publié à 200 francs et épuisé par souscription.

156. **VOLTAIRE**. Romans, préfaces par Arsène Houssaye, eaux-fortes par Laguillermie. *Paris, Librairie des Bibliophiles*, 1878, 5 vol. in-8, fig. mar. rouge jans., dent. int., tr. dor. (*Marius-Michel*.)

Exemplaire sur papier de Hollande, avec la couverture.

157. **VOYAGE** où il vous plaira, par Tony Johannot, Alfred de Musset et P.-J. Stahl. *Paris, Hetzel*, 1843, gr. in 8

fig., mar, bleu, dos orné, fil. à compart., fil. int., tr. dor. (*Marius-Michel.*)

Très bel exemplaire du premier tirage.

158. **ZOLA** (Emile). Nouveaux Contes à Ninon. *Paris, Charpentier*, 1877, in-12, mar. bleu, dos orné, fil. à compart., ornem. aux angles, dent. int., tête dor., n. rog. (*Marius-Michel*).

Edition originale, avec la couverture.

159. **ZOLA** (Emile). Nana. *Paris, Charpentiér*, 1880, in-12, demi-rel. dos et coins de mar. grenat, tête dor., n. rog. (*Marius-Michel.*)

Edition originale, avec la couverture.
Exemplaire sur papier de Hollande.

160. **ZOLA** (Emile). Pot-Bouille. *Paris, Charpentier*, 1882, in-12, demi-rel., dos et coins de mar. grenat. tête dor., n. rog. (*Marius-Michel*).

Edition originale. avec la couverture.
Exemplaire sur papier de Hollande.

161. **ZOLA** (Emile). Au Bonheur des dames. *Paris, Charpentier*, 1883, in-12, demi-rel., dos et coins de mar. grenat, tête dor., n. rog. (*Marius-Michel.*)

Edition originale, avec la couverture.
Exemplaire sur papier de Hollande.

162. **ZOLA** (Emile). La Joie de vivre. *Paris Charpentier*, 1884, in-12, demi-rel. dos et coins de mar. grenat, tête dor., n. rog. (*Marius-Michel*).

Edition originale, avec la couverture.
Exemplaire sur papier de Hollande.

163. **ZOLA** (Emile). Naïs Micoulin. *Paris. Charpentier*, 1884, in-12, demi-rel., dos et coins de mar. grenat, tête dor., n. rog. (*Marius-Michel.*)

Edition originale, avec la couverture.
Exemplaire sur papier de Hollande.

164. **ZOLA** (Emile). Germinal. *Paris Charpentier*, 1885, in-12, demi-rel., dos et coins de mar. grenat, tête dor., n. rog. (*Marius-Michel.*)

Edition originale, avec la couverture.
Exemplaire sur papier de Hollande.

Arras. —Imp. Vve Schoutheer-Dubois, rue des Trois-Visages, 53.

RED. :

19

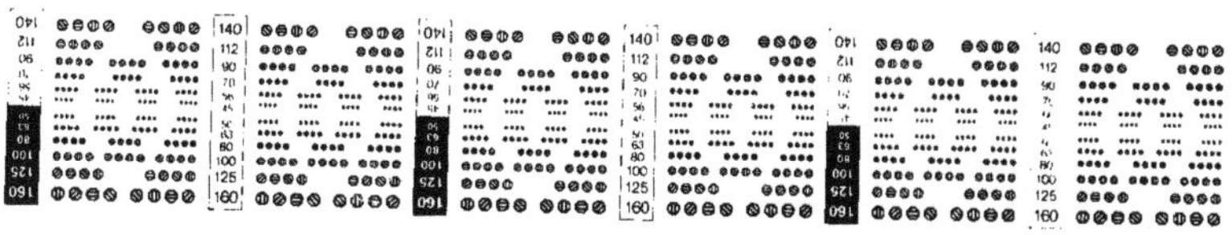

www.ingramcontent.com/pod-product-compliance
Ingram Content Group UK Ltd.
Pitfield, Milton Keynes, MK11 3LW, UK
UKHW020531180726
13839UKWH00005B/2449

9 782329 319025